U0039945

閱微草堂筆記

大家來說鬼故事

Random Notes at the Cottage of Close Scrutiny
Short Stories About Supernatural Beings

繪本

故事◎邱慧敏

繪圖◎楊瀚橋

有一位讀書人，將船停靠鄱陽湖畔
之後，便下船散步，舒展筋骨。月
光下，風徐徐吹來，他覺得很舒服。
走著走著，他看到湖旁有家酒店，
沿著湖岸放了幾張桌椅，讓客人可
以一邊吃東西一邊欣賞湖景，非常愜意。

讀書人找到空桌之後，馬上遇到一群人想和他坐在一起。大家彼此自我介紹，發現原來都是同鄉啊！讀書人心情非常好，點了幾壺酒和下酒菜，大家坐在一起開心的分享新奇怪異的經歷及鬼故事！

4

「世上有鬼嗎？」讀書人問。同桌的人說：「我認識一位可以看到鬼的人。他說，有一次祭祖時，他看到心術不正的人身邊跟了一堆鬼；穩重正派的人，身邊一個鬼都沒有。」聽到這裡，大家都露出不可思議的表情。

6

「談到穩重正派，讓我想起曹公子的故事。」另一人慢條斯理的說。有一年夏天，曹公子要到揚州，路上暫住友人家。由於天氣炎熱，曹公子希望晚上可以在涼爽的書房內休息。主人說書房有鬼，但曹公子不在乎。

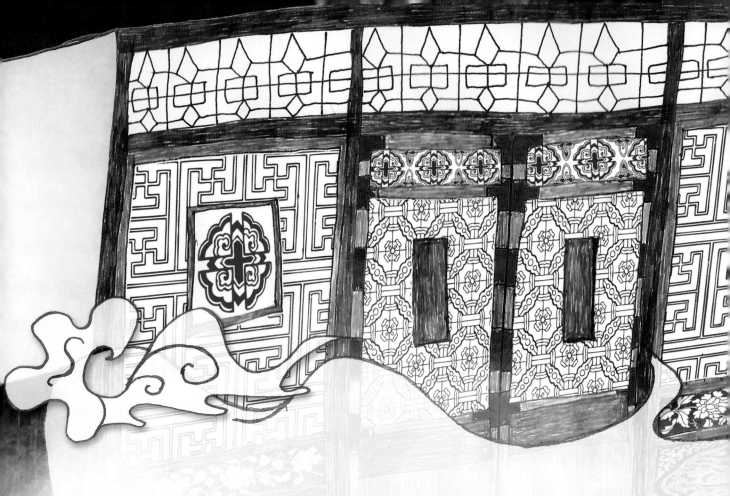

到了晚上，曹公子在書房休息的時候，突然看見一團煙從門縫裡竄進來。這團煙竄進書房後，漸漸變成一個女人的形狀。這個女人披頭散髮，還有著長長的舌頭。她在曹公子面前晃啊晃的，想嚇唬曹公子。

曹公子笑說：「只是頭髮長、舌頭長，有什麼好怕！」接著女鬼把自己的頭摘下放在桌上。此時曹公子笑得更大聲：「妳有頭我都不怕了，何況現在連頭都沒有！」女鬼發現曹公子不怕她，只好抱著頭離開。

聽到這裡，有人興奮的說：「我聽過更有趣的，有鬼晚上出來嚇人，沒想到反而被人拿界尺狠敲一頓。也有鬼嚇人不成，被人用蘸了墨汁的手打了一巴掌，結果墨汁印在鬼臉上散都散不掉。」大家一陣哄堂大笑。

14

「難道現在的人都不怕鬼嗎？」讀書人問。「那倒也不是。」同桌的另一位夥伴摸著鬍子說出另一段故事。有一個叫荔姐的女孩，她很孝順。有天，她母親生病，荔姐連夜從夫家趕回娘家探望，沒想到半路遇上壞人。

荔姐急中生智，她躲在樹下，把頭髮弄亂，吐出舌頭，裝成吊死鬼。惡人看見，嚇得倒地不起，荔姐趁機逃回娘家。後來，荔姐聽說，鄰村有少年遇到吊死鬼後中邪。荔姐明白，中邪的少年就是那天追趕她的壞人。

「荔姐真有創意啊！」讀書人讚嘆。
「這招不稀奇，早有人做過。」那人不疾不徐的說，從前有戶人家的妻子過世，在靈魂回來那天，道士要求全家迴避。有個賊知道這件事後，打扮成鬼，趁機到那家偷東西。

賊偷到一半， 突然撞見另一個裝成鬼的盜賊。 兩個小偷都以為對方是真鬼， 同時受到驚嚇昏倒在地。 第二天早上， 這家人回來， 見兩人倒在地上， 袋子裡裝滿他們家的金銀珠寶。他們氣得把這兩人扭送官府。

「為了錢財裝神弄鬼的故事不只
這一個，還有更工於心計的。」
那人喝了口酒繼續說下去。有戶
姓馬的人家，家裡突然鬧鬼。有
時瓦片四飛、家宅莫名起火，偶
爾還會出現鬼叫聲，鬧了一年
多，請道士來也沒用。

最後，馬家用低廉的價錢將房子賣掉。奇怪的是，買主搬進去後住得十分安穩。他說，因為自己的德行可以戰勝妖魔，所以住進去之後平安無事。後來大家才發現，原來之前鬧鬼的事就是這個人串通盜賊做的。

「這些人裝神弄鬼，難道不怕夜路走多真的撞見鬼嗎？」讀書人問。「確實有個夜路走多撞見鬼⋯⋯，不，是撞見狐的故事。」另一個人迫不及待的跟大家分享。從前，有個姓郝的老婆婆，宣稱自己被狐仙附身。

由於郝婆婆知道很多事，因此越來越多人上門問事，還四處宣傳郝婆婆的厲害。因此，郝婆婆的名號越來越響亮，她的家門口總是擠滿了人，而這些人都要準備很多財寶，郝婆婆才願意露面。

有一天，一位孕婦問郝婆婆這胎生男生女？結果郝婆婆預測錯誤。這位婦人跑去找郝婆婆理論，沒想到郝婆婆說，因為婦人不孝，預言才不準確。郝婆婆詳細說出對方不孝的事例，婦人一聽羞紅了臉，趕緊離開。

後來有一次，郝婆婆突然在大家面前變聲說：「我是真的狐仙！平時專心修練，不曾管過凡事。這個老婦人勾結僕人收集你們的祕密再利用我的名號騙人，你們不要上當！」話一說完，人群馬上一哄而散。

「連狐仙都出現了，真是妙！」讀書人說。「談到狐，大家就有所不知了。」另一個只顧吃的胖子終於說話了。狐的修練方式很奇特，剛開始他們只能變換形體，修練到一定的道行，才可以附在人的身上修行。

但人世間的誘惑太多，狐狸怕自己定力不夠，一不小心會毀了好幾百年的修行，所以狐狸可是不敢隨便附在人的身上修行啊！「聽完這麼多的故事，原來最凶險的地方居然是人間啊！」讀書人拍了拍腦袋。

「你還沒說故事呢！」大家圍著讀書人起鬨。讀書人說：「我的故事很短。有一天晚上，一群人坐在鄱陽湖畔說鬼故事，猜猜說故事的是人還是鬼呢？」話一說完，大家臉上全都浮現詭異的笑容，然後一起消失在月色中。

閱微草堂筆記

大家來說鬼故事

讀本

原典解說◎邱慧敏

跟紀昀往來的人，都是清代赫赫有名的學問家、思想家。但是紀昀的才華毫不遜色，也贏得他們的友誼和敬重。

TOP PHOTO

朱筠，字竹君，號笥河，乾隆時期重要政治家、教育家，也是朱珪的哥哥。朱筠和紀昀是同榜進士，編纂《四庫全書》的計畫也是他首先向乾隆皇帝提議的。他在安徽、福建等省分擔任學政，所到之處，教育和文化水準都有很大的提升。

朱筠

相關的人物

紀昀

戴震

紀昀（1724～1805年），字曉嵐，清朝乾隆年間著名學者、政治家。他曾主持編纂中國有史以來最大部的叢書《四庫全書》。因為個性風趣幽默，有才子之稱，在民間留下許多有趣的小故事。他也愛好蒐集掌故，代表作品為《閱微草堂筆記》。上圖為紀昀像。

戴震，字東原，號杲谿，清朝重要經學家、思想家。他的考運不好，歷經六次會試落榜；但是紀昀很賞識他，出錢幫他出版著作，讓他借住在家裡，還推薦他擔任《四庫全書》的修纂官。他的著作《孟子字義疏證》嚴厲批評宋朝理學，在清朝思想中成就很高。

盧見曾，字抱孫，號澹園，乾隆時期官員。盧見曾的孫子娶了紀昀的女兒，兩人是親家。他任官時，負責管理兩淮的鹽巴運輸，被控告貪汙公款。雖然他得到紀昀的事先通報，但是紀昀因此被流放烏魯木齊，而他也在獄中過世。

盧見曾

朱珪，字石君，號南崖。清朝乾隆時期重要官員、學者。朱珪曾擔任嘉慶皇帝在太子時期的老師，深得他的信任，在嘉慶登帝後頗受重用。朱珪和紀昀同時應考鄉試，兩人分別奪得第一、第二名，從此惺惺相惜結為好友。紀昀過世後，朱珪寫下〈文達紀公墓誌銘〉來紀念這位好友。

朱珪

TOP PHOTO

錢大昕

袁枚

錢大昕，字曉徵，號辛楣，又號竹汀，是清朝著名史學家。他精研經史、金石、聲韻、天算、輿地之學，博學程度令當時人佩服不已。他和紀昀同時考中進士，既是朝廷裡的同事，也是切磋學問的同伴和一輩子的好朋友。他的《廿二史考異》，是清朝最重要的史學名著之一。

袁枚，字子才，號簡齋，又號隨園老人。清朝著名詩人，提倡文學應該重視性靈。袁枚才華洋溢，和紀昀並稱南北兩大才子，他的《子不語》記載大量神怪故事，和《閱微草堂筆記》齊名。他也因為廣收女弟子，而招來了許多批評。上圖為袁枚像。

紀昀讀遍了古往今來的經典，走遍了大半個新疆。這些不簡單的閱歷，最後都化為《閱微草堂筆記》，流傳下來。

1754 年

乾隆所舉辦的會試，號稱「名榜」。這一年榜內進士包括王鳴盛、紀昀、王昶、朱筠、錢大昕等人，後來都成為清代重量級的學者。他們在同一時間考中進士，又是同事、好友，經常聚集在一起討論學問，也有不少人參與了《四庫全書》的編纂工作。

進士名榜

1759 年

考中進士以後，紀昀很受乾隆信任。這一年，紀昀被派到山西、順天、福建擔任鄉試與會試考官，他自稱「四度執文柄」。清朝考官職務往往是年長資深的翰林才能得到皇帝欽命擔任，紀昀三十六歲就得到這個職務，是被破格提拔的。

四度執文柄

相關的時間

1768 ～ 1770 年

盧見曾牽涉貪汙案的時候，紀昀為了幫親家忙，偷偷洩漏了乾隆下令追查的消息，引起皇帝大怒，被貶到新疆烏魯木齊。紀昀在新疆生活雖然苦，但是見到新疆特殊的風俗民情，眼界大開，寫下很多詩歌讚嘆。這次經驗也成為《閱微草堂筆記》的很多靈感來源。

謫戍新疆

編纂《四庫全書》

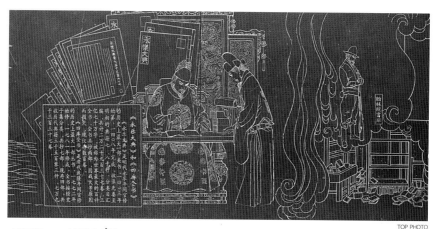

TOP PHOTO

1772 ～ 1790 年

在朱筠的建議下，乾隆下令重修《永樂大典》，第二年又設立四庫館，詔求民間獻書，由紀昀擔任總纂官，正式開始編纂《四庫全書》。紀昀辛苦工作，花費約十年左右才完成第一份《四庫全書》，1790 年才全部完工，前後時間長達十七年。上圖為廣東東莞隱賢山莊的〈永樂大典和四庫全書〉石刻畫。

李清文案

1787 年

編輯《四庫全書》時，不利清朝的文字都必須刪除。但有一次乾隆翻開李清的《諸史異同錄》，發現書中用明朝崇禎皇帝的四件事，比擬清朝順治皇帝，因此大發雷霆。紀昀和很多人都被處罰不能領薪水，還要自己出錢把所有清查到的錯誤改正。

撰寫

1789 ～ 1800 年

紀昀閱歷漸增，在四庫館中讀書更多，開始時常抄寫札記，作為消遣。前後歷時十一年，集結成五部筆記，分別是《灤陽消夏錄》、《如是我聞》、《槐西雜志》、《姑妄聽之》、《灤陽續錄》。而《閱微草堂筆記》就是這五部筆記的合訂本。右圖為紀曉嵐故居所藏《閱微草堂筆記》。

TOP PHOTO

過世

1804 年

紀昀做官五十多年，地位崇高，名滿天下。但是因為乾隆皇帝嚴查李清等人文案，他被處罰太多賠款，過世時還欠著大筆債務。嘉慶皇帝下旨免除紀昀的債務，並且賞賜五百兩，才讓紀家人好好把喪事辦完。

紀昀學識淵博，主持過好多次官方的編書計畫。民間流傳許多他機智多才的小故事，至今仍讓人津津樂道。

《閱微草堂筆記》是清朝志怪小說的名作，蒐集了大量狐鬼神仙、因果報應的傳奇故事，取材範圍甚至遠達新疆、南洋群島與臺灣各地。借著各篇似假還真的故事，紀昀刻畫出官場與社會上昏庸腐敗的一面，並嚴厲批判理學家的虛偽行為，同情一般百姓的辛苦生活。

數字詩是考驗機智與學識的文字遊戲。乾隆皇帝曾經命令紀昀用十個「一」字作詩，想考驗他的機智反應，結果紀昀不慌不忙，脫口而出：「一高一矮一漁舟，一丈長竿一寸鉤。一拍一呼復一笑，一人獨佔一江秋。」漂亮的解答了難題。

閱微草堂筆記

數字詩

相關的事物

金石考證

金石學是一種研究古代銅器與碑石刻文的學問。乾嘉時期金石考證學大為興盛，紀昀、翁方綱等人經常運用清宮收藏進行研究。《閱微草堂筆記》中曾提到有人在井中挖出一件古代青銅器，上面刻字像是「景龍鐘銘」。左圖為唐朝景龍觀景雲鐘，其上刻有唐睿宗所撰銘文。此鐘現藏於陝西西安碑林博物館。

修禊

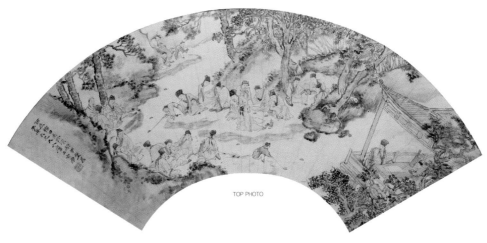

TOP PHOTO

修禊是春秋兩季為了禳災祈福，在水邊沐浴之後所舉行的祭禮，是殷周以來巫覡所遺留的一種風俗。到了明清兩代，修禊變成文人學者飲酒賦詩的重要集會。在編修《四庫全書》期間，紀昀和朱筠、翁方綱等數十位同事舉辦修禊，成為當時學者的一大盛事。上圖為清朝蘇六朋所繪〈蘭亭修禊圖〉扇頁，廣東省博物館新館藏。

四庫全書總目提要

《四庫全書總目提要》是紀昀為《四庫全書》編撰的大型解題目錄。《四庫全書》共收錄三千多種書，還有不收的六千多種書，紀昀為每部書各編寫一段文字，簡要概括內容與優劣。經過紀昀統整潤色的《提要》，因為眼光獨到，評論透徹，具有很高的價值。

對聯

對聯是一種強調對仗工整、音韻和諧的文字藝術。紀昀以聰明機辯著稱，留下許多難以超越的「絕對」。比如乾隆皇帝用《論語》典故出的題目「色難」，紀昀當下就說容易，乾隆想一想才明白，答案就是「容易」。

漢宋之學

漢學、宋學是清朝學術爭論最大的問題。漢學的風格崇尚考證，重視文字和語言學，宋學則是強調心性修養的體會。紀昀在《四庫全書總目提要》總序中，曾經折衷兩種風格，表達中立的立場。但是在《閱微草堂筆記》中卻經常批評理學家，透露了他的漢學傾向。

除了被貶謫到烏魯木齊的那幾年歲月，紀昀的生涯多半在北京當官，在園林與廟宇之間，留下許多風雅的文人故事。

獻縣位於今日的河北省滄州市，滹陽、滹沱河畔。漢朝的河間獻王劉德被封在這個地方，留下大批陵墓。獻縣也是紀昀的故鄉，他是獻縣紀家第十四代子孫，十一歲離開家鄉去北京讀書。紀昀過世後，也葬在故鄉紀氏家族墓地中，目前可見重建後的墓碑。

法源寺，又稱憫忠寺，是北京寺內最古老的寺廟。法源寺建於唐朝貞觀年間，以紀念當時出征遼東的陣亡將士，寺內石階至今還殘存唐朝所鋪的金箔。紀昀與四庫館的朋友們，經常到法源寺飲酒賦詩，討論學問。

陶然亭建於康熙年間，是北京的著名園林，號稱中國四大名亭之一。四庫館中的學者，如紀昀、翁方綱、黃景仁等，經常同遊陶然亭。當年翁方綱題寫的楹聯「煙藏古寺無人到，榻倚深堂有月來」，現在還在亭中的抱柱上。

獻縣

法源寺

陶然亭

天山

相關的地方

天山位於新疆中部，是亞洲中部最大的山脈。天山山脈間，有好幾個盆地，如吐魯番窪地、哈密盆地，以及伊犁河谷，都是絲路上的重要城市。紀昀曾用詩句「萬家煙火暖雲蒸，銷盡天山太古冰」，來描述新疆城市的繁華，以及天山高聳冰寒的風光。左圖為新疆境內的天山山脈。

TOP PHOTO

閱微草堂是紀昀的故居，位於北京。此處原本屬於岳飛的後代岳鍾麒，後來賣給紀昀，屋後書房就成為他讀書、寫作的地點。今天的紀昀故居是一座普通的三進式四合院，當年宅第內布置著七八尺高的太湖石、青桐、古藤、槐柳，現在都已經消失無蹤了。上圖為北京紀曉嵐故居閱微草堂室內一景。

琉璃廠

自清朝至今，琉璃廠都是北京最大的圖書與古玩市場，位於宣武門外，非常靠近紀昀所住的閱微草堂。朝廷設立四庫館後，北京聚集著全國獻上的善本圖書，薦書、編書的學者以及上京應考的考生，大都居住在琉璃廠附近，形成人文薈萃的盛況。

烏魯木齊

烏魯木齊，位於新疆中部、天山北麓，是古代絲路上的重要城市。清朝駐軍在此，因此又有「老滿城」的稱號。紀昀被貶謫到烏魯木齊兩年，對這裡的特殊民族與文化印象深刻，後將多首詩作集為《烏魯木齊雜詩》詩集。

閱微草堂筆記

紀曉嵐是清朝知名的才子，不僅學識豐富，個性也十分幽默風趣。他機智的反應讓乾隆皇帝十分讚賞，因此官運一直不錯。後來，紀曉嵐的親戚涉及一宗弊案，紀曉嵐暗中通風報信，被乾隆皇帝知道了，紀曉嵐因此被貶官，流放到新疆烏魯木齊。

在貶官的這段期間，紀曉嵐遊走新疆各處，考察當地山川，體驗當地風情，蒐集了不少資料，這些資料都成了日後創作《閱微草堂筆記》的素材。

乾隆三十八年，也是公元一七七三年，皇帝任命紀曉嵐主持編纂《四庫全書》的工作。這是一個非常艱鉅的任務，一方面是因為書籍繁雜眾多；另一方面是當時清朝大興文字獄，讀書人只要用錯一個字，就會被皇帝指責問罪，甚至砍頭，所以編纂書籍並不輕鬆，紀曉嵐必須非常謹慎小心。

就在乾隆五十四年的夏天，紀曉嵐在灤陽校勘整理書籍，由於工作已經完成，紀曉嵐開始書寫一生的所見所聞，《閱微草堂筆記》便逐漸成形。這本書經過作者停停寫寫一段很長的時間，前後

乾隆己酉夏，以編排秘籍，於役灤陽。時校理久竟，特督視官吏題籤庋架而已。晝長無事，追錄見聞，憶及即書，都無體例。小說稗官，知無關於著述；街談巷議，或有益於勸懲。 ——《閱微草堂筆記‧灤陽消夏錄一‧序》

總共花了約十年才完成。

《閱微草堂筆記》全書文字質樸，敘事簡練，讀起來趣味盎然。魯迅在《中國小說史略》裡曾指出《閱微草堂筆記》是紀曉嵐藉著鬼神來抒發自己的看法。魯迅還認為全書內容隱藏了作者的真知灼見，因此給予極高的評價。

紀曉嵐的《閱微草堂筆記》與袁枚的《子不語》、蒲松齡的《聊齋誌異》並列為清代三大志怪小說。雖然《閱微草堂筆記》的藝術成就不如《聊齋誌異》，《聊齋誌異》與《閱微草堂筆記》是清朝志怪小說的兩大流派，後人的創作不是師法《聊齋誌異》就是仿效《閱微草堂筆記》，因此清代的志怪小說受這兩部作品的影響甚深。

今歲五月，扈從灤陽，退直之餘，晝長多暇，乃連綴成書，命曰《灤陽續錄》。繕寫既完，因題數語，以誌緣起。若夫立言之意，則前四書之序詳矣，茲不復衍焉。 ——《閱微草堂筆記·灤陽續錄一·序》

乾隆五十四年，紀曉嵐開始撰寫《灤陽消夏錄》。故事包含各個階層，內容除了新奇的見聞之外，還涉及學術思想等層面，所以書一完成，大家就爭相刻印，廣為流傳。從那一年開始，直到嘉慶三年，也就是公元一七九八年，紀曉嵐陸續完成《如是我聞》、《槐西雜志》、《姑妄聽之》和《灤陽續錄》等作品。

一開始，這五部作品是分別出版，但由於版本氾濫，因此道光五年時，紀曉嵐的門人盛時彥將這五部作品結合在一起，保留原來的編次並仔細校對，再經由紀曉嵐悉心檢查後，重新發行。

《閱微草堂筆記》是以紀曉嵐位於北京的書齋「閱微草堂」來命名。「閱微」有「見微知著」的寓意，因此選擇用「閱微草堂」

當作書名，點出作者想藉由一則則的小故事，告訴世人深遠道理的意涵。

　　全書約有一千兩百多則故事，內容近四十萬字。主要角色包含人、鬼、狐三大部分，紀曉嵐巧妙的利用這三種角色，說出一則又一則諷喻性極強並富有教化意味的故事。他藉著這些故事揭發當時社會不良的風氣，抨擊虛偽的講學者，並揭露官場黑暗面、關懷社會弱勢以及介紹特殊的風土民情和山川地理，內容包羅萬象，據實呈現當代的社會情況，更點出市井小民的心聲，所以這部作品在當時造成一股熱潮。

　　由於這本書太受人們的喜愛，因此後來出現不少仿作的小說，例如許仲元的《三異筆談》、李慶辰的《醉茶志怪》和俞樾的《右台仙館筆記》等，都是仿效《閱微草堂筆記》的作品，由此可見《閱微草堂筆記》這本書對後世創作的影響。

鬼

　　世界上到底有沒有鬼？紀曉嵐在《灤陽消夏錄》中故城顯形的故事裡曾提到，人死後也許會變成鬼魂，也許不會；如果鬼真的存在，也是有的人看得見，有的人看不見。

　　在〈說輪迴〉中，紀曉嵐針對鬼與輪迴的議題提出疑問：如果鬼無法輪迴轉世，那麼從古至今鬼一直增加，數量將會多到連天地都無法容納；如果鬼可以輪迴轉世，大家都去投胎，世上不就沒有鬼了。紀曉嵐還藉由地府官吏提出說明：「生前沒有為非作歹的人，死後可以憑意願決定要進入輪迴或待在人世，但是鬼魂如果在人間待太久，便會永遠消失。」這樣的說明是為了確立輪迴的觀念，讓人們相信因果報應，達到勸世的效果。

　　在《槐西雜志》裡，紀曉嵐更指出，人是沒有離開形體的鬼，鬼是已經離開形體的人。人和鬼是一體兩面，所以在《閱微草堂筆記》中，鬼的世界就和人的世界一樣有喜怒哀樂，會設計陷害、尋仇報復、欺善怕惡，有時也會懦弱無能，鬼的世界彷彿是人類世界

謂鬼無輪迴，則自古及今，鬼日日增，將大地不能容。
謂鬼有輪迴，則此死彼生，旋即易形而去；又當世間
無一鬼。──《閱微草堂筆記‧灤陽消夏錄五‧說輪迴》

的翻版。也因為如此，很多看似神怪的故事，其實是諷喻人世間荒
謬的現象。

　　例如《灤陽續錄》十剎海鬧鬼的故事中，有一個吊死鬼抱怨自
己在古廟十幾年了，都抓不到替身。另一個鬼教他，害人必須用對
方法。一開始就展現凶狠的面目會把人嚇跑，所以要藏起真面目，
好好的取悅人，這樣才容易成功。第二天，吊死鬼終於抓到替身。
整個故事看似陳述鬼魂抓替身，但實際上是諷刺小人媚主卻心懷陰
毒的狀況。

　　因此，在《閱微草堂筆記》裡，「鬼」是有特殊功用的。紀曉
嵐時常藉著「鬼話」來勸戒世人、諷刺社會現況；藉著「鬼事」提
醒世人因果輪迴，報應不爽；藉著「鬼樣」描繪世人百態。所以紀
曉嵐筆下的鬼不僅會捉弄道貌岸然的學究，也會幫助弱勢低層的老
婦，和傳統民間故事裡的鬼相較，更多了豐富的面貌。

夫虎不食醉人，不知畏也。大抵畏則心亂，心亂則神渙，神渙則鬼得乘之；不畏則心定，心定則神全，神全則沴戾之氣不能干。故記中散事者，稱「神志湛然，鬼慚而去」。—《閱微草堂筆記・灤陽消夏錄一・無畏而鬼滅》

在《閱微草堂筆記》裡有一則〈視鬼者言〉的故事，內容提及人心如果輕薄不正，自然會吸引鬼類相聚；人心如果端好莊重，鬼自然不會靠近。在紀曉嵐的故事中，類似的看法不斷出現，例如在《灤陽消夏錄》中〈無畏而鬼滅〉的故事，就提到人心一旦渙散，神志一旦散亂，鬼怪就會趁虛而入；相反的，如果心神安定，正氣凜然，鬼怪便不敢欺負正直的人。

因此，閱讀《閱微草堂筆記》時，讀者常會看到很多道德高尚、行事正直的文人一點兒也不懼怕鬼，有的甚至會對故作猙獰的鬼嗤之以鼻，鬼遇到這樣的人，不是自討沒趣就是狼狽逃離，讓讀者閱讀起來感到趣味橫生。

　　例如〈無畏而鬼滅〉故事裡的女鬼，遇到什麼都不怕的曹公子時，就算使出絕招，把頭從身體上摘下，也無法驚擾對方。最後女鬼還反被曹公子嘲笑，只好悻悻然的離開。這位女鬼可以全身而退，算是幸運，另外一群想嚇人的鬼可就沒這麼好運了，《灤陽消夏錄》裡的大臉鬼就是最好的例子。

　　這個大臉鬼有一天突然出現在廁所，兩眼閃著火光，望著正在上廁所的讀書人許南金，站在旁邊拿蠟燭的小童看到這樣的景象，嚇得整個人都昏了。此時，許南金拿起蠟燭放在大臉鬼的臉上說：「我缺燭臺，你來得正好。」上完廁所後，許南金還拿擦過屁股的草紙往大臉鬼的嘴裡丟，大臉鬼最後只能狼狽逃離。

　　和大臉鬼比較起來，被界尺敲或被蘸了墨汁的手打巴掌都不算什麼了。這些故事中的鬼看似無能，沒辦法成功嚇唬人，但他們卻成功帶出「人心端正就無所懼」的深刻意涵。

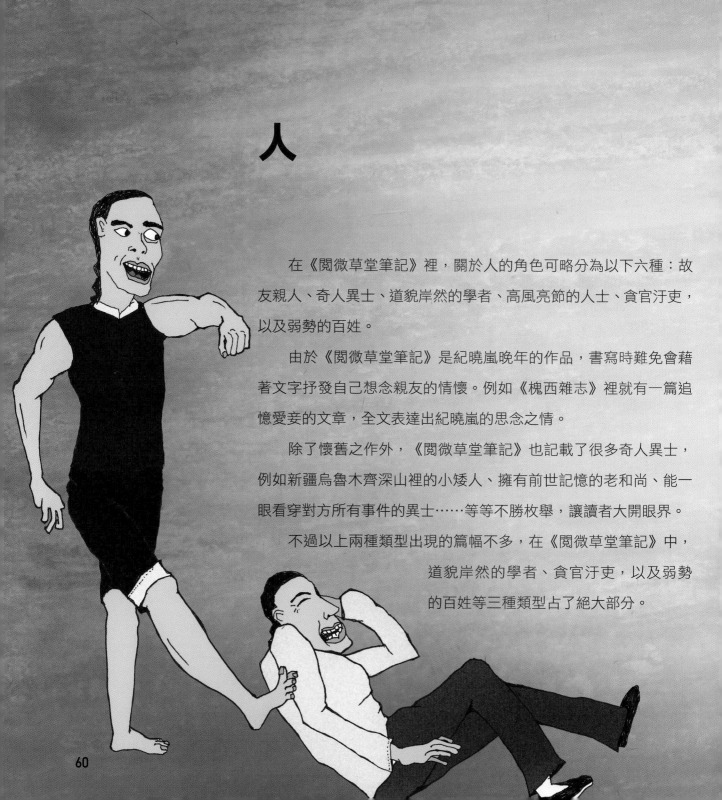

人

在《閱微草堂筆記》裡，關於人的角色可略分為以下六種：故友親人、奇人異士、道貌岸然的學者、高風亮節的人士、貪官汙吏，以及弱勢的百姓。

由於《閱微草堂筆記》是紀曉嵐晚年的作品，書寫時難免會藉著文字抒發自己想念親友的情懷。例如《槐西雜志》裡就有一篇追憶愛妾的文章，全文表達出紀曉嵐的思念之情。

除了懷舊之作外，《閱微草堂筆記》也記載了很多奇人異士，例如新疆烏魯木齊深山裡的小矮人、擁有前世記憶的老和尚、能一眼看穿對方所有事件的異士……等等不勝枚舉，讓讀者大開眼界。

不過以上兩種類型出現的篇幅不多，在《閱微草堂筆記》中，道貌岸然的學者、貪官汙吏，以及弱勢的百姓等三種類型占了絕大部分。

有州牧以貪橫伏誅，既死之後，州民喧傳其種種冥報，至不可殫書。余謂此怨毒未平，造作訛言耳。先兄晴湖則曰：天地無心，視聽在民，民言如是，是亦可危也已。—《閱微草堂筆記·姑妄聽之一·天地無心，視聽在民》

　　紀曉嵐在《閱微草堂筆記》裡猛烈抨擊虛偽的講學者，點出自己對腐朽儒者的不屑，以及對假道學人士的唾棄。另外，紀曉嵐對於貪官汙吏的批評也是毫不留情。例如〈天地無心，視聽在民〉裡的知府大人因為貪腐而遭處決，在他死後，人民謠傳他在陰間受盡折磨。紀曉嵐指出，雖然這些傳聞是百姓為了發洩怨恨所捏造，但天地會根據百姓的反應來對待這位貪官。

　　在《閱微草堂筆記》裡類似的故事不勝枚舉。紀曉嵐認為吏治不振會讓弱勢的百姓更無助，只有對這些貪官汙吏嚴加整肅，才能恢復社會秩序，讓百姓安居樂業。除了貪官汙吏，紀曉嵐對於清官的定義也非常犀利。一般人覺得不貪汙、不壓榨百姓就是清官，但紀曉嵐認為，為官者做事時如果只求自己的周全而犧牲百姓的權益，也不能算是個好官。可見紀曉嵐對於在職為官的人有很嚴謹的要求。

乃隱身古塚白楊下，納簪珥懷中，解絛繫頸，披髮吐舌，瞪目直視以待。其人將近，反招之坐。及逼視，知為縊鬼，驚仆不起。

——《閱微草堂筆記・灤陽消夏錄三・荔姐智退狂徒》

《閱微草堂筆記》裡的故事約有一千兩百多則，其中，以女性為主角的故事占了十分之一；故事涉及女性的占了三分之一。這些女性角色中又以窮人占大多數。

清朝社會裡，男尊女卑的觀念深植人心，在這樣的情況之下，女性生存已經缺少尊嚴，如果再加上身世貧窮，就會變成社會中最弱勢的一群。太平盛世尚且如此，如果遭逢亂世，貧窮婦女的狀況便更加悲慘。在《灤陽消夏錄二・菜人》的故事裡就提及了亂世中貧窮婦女的遭遇。

明朝崇禎末年，河南、山東等省遭遇蝗災，各地缺乏糧食，人們為求生存，只好將婦女和小孩綁到市場進行買賣。在販售的過程中，一位婦女被砍了手臂，哀嚎不已，讓讀者見識到亂世中，社會底層婦女悲慘的遭遇。

但是在紀曉嵐的筆下，這些婦女並不全然是如此嬌弱無助。有很多女性具有超人的毅力，懂得在夾縫中生存，並進而感動鬼神出手相助。例如《灤陽消夏錄三·賣麵婦》中的主角，為了養活婆婆，只好自己推磨做麵。她的孝行感動了兩隻狐狸，這兩隻狐狸日日來幫忙，減輕她的負擔。

有的女性懂得隱忍，利用心機完成復仇任務；例如一個父母雙亡的女主角，為了替父母報仇，不惜犧牲自己嫁給仇人。然後想辦法散盡他的家產，最後慫恿對方與盜賊交往，讓對方因為觸法而被殺，完成復仇的計畫。

有的女性充滿機智，在緊急時刻利用智慧化險為夷。例如〈荔姐智退狂徒〉裡的荔姐，在面臨壞人的追趕時，急中生智的以披頭散髮的模樣扮鬼嚇退來人。

透過紀曉嵐的妙筆生花，讀者可以藉由一則則的故事看到當時女性多元的面貌。

狐

　　《閱微草堂筆記》裡，關於狐的篇章僅次於鬼。紀曉嵐筆下的狐和人很像，故事中的狐狸不僅會換化成人形，還有七情六欲，會和人談情說愛，會習寫讀書，也會調皮搗蛋戲弄別人。雖然狐和人這麼相像，但人狐之間還是有差別的。在《如是我聞卷四》中，作者考證了狐狸精的緣由，並點出狐狸精非人、非物、非仙，亦非妖的見解。

　　作者藉著考證，釐清狐狸精的角色定位後，更進一步的將自己的理念和想法經由狐狸的世界表現出來，想藉此達到教化讀者的目的。因此在〈狐之為狐〉裡，狐仙會舉發傭人欺瞞的行為和不實的言論，彷彿監察官一般。

　　在《灤陽消夏錄一》中，紀曉嵐藉著狐狸的嘴巴，說出聲色欲望都是夢幻泡影，世間一切轉眼都是空。如此嚴肅的議題，經由作者利用狐狸精的故事包裝之後，更淺顯易讀，讓讀者容易接受。

安丘張卯君先生家，有書樓爲狐所據，每與人對語。
媼婢童僕，凡有隱慝，必對眾暴之。一家畏若神明，
惕惕然不敢作過。斯亦能語之繩規，無形之監史矣。
——《閱微草堂筆記·如是我聞四·狐之爲狐》

　　紀曉嵐筆下的狐狸很少是陰狠毒辣的，大部分的故事都是讚揚
狐狸如何講義氣、知報恩。例如《姑妄聽之三》裡，就有一個狐婢
因為婦人救了她一命，因此每年元旦時，狐婢都會在窗外對著恩人
磕頭，表示感激之情。《如是我聞一》中，有位農夫救了一隻狐狸，
不巧的是，農人的兒子居然迷戀上這隻狐狸，狐狸為了報恩，想幫
助農人的兒子振作精神，斷除思念，因而特地現出自己的狐狸原形，
解除了農夫兒子的相思病。

　　紀曉嵐筆下的狐狸，除了知道報恩之外，處世更是重情重義。
在《灤陽消夏錄四》裡，有一則狐狸幫死去情人照顧妻子的故事，
可以看出狐狸講情義的一面。紀曉嵐如此精心塑造狐狸善良的形
象，說穿了，也只是想藉由狐狸來提醒世人為善去惡，重新塑造良
好的社會風氣。

有賣花老婦言，京師一宅近空圍，圍故多狐。有麗婦夜逾短垣與鄰家少年狎，懼事泄，初詭託姓名，歡昵漸洽，度不相棄，乃自冒為圍中狐女，少年悅其色，亦不疑拒。 ——《閱微草堂筆記·灤陽消夏錄二·託狐》

《閱微草堂筆記》裡的狐狸有一個非常顯明的特色——會重視自身名譽，也好打抱不平。

在《姑妄聽之四》裡，一戶官宦人家的金飾丟失了，主人以為是女奴偷的，不分青紅皂白就對女奴嚴加拷打，住在這戶人家的狐狸精看不過去，挺身而出，指出金飾的下落，還了女奴清白，救了女奴一命。

別看狐狸精非仙非人，好似異類，在《閱微草堂筆記》的故事裡，狐狸精對於名節一事也是挺看重的。遇到有風骨的人，狐狸會用言行表達敬佩，對於偽善作惡的人，狐狸也會毫不留情的戳破。

就好像《灤陽消夏錄一》中關於狐語的故事裡，狐狸直接說出董思任沽名釣譽的行徑——原來他愛護百姓只是為了有好名聲，沒

有貪汙，只是因為怕事跡敗露惹上麻煩。對於這樣偽善的人，狐狸是嗤之以鼻的。但是，狐狸對一位地位卑賤的老婦卻非常敬重，原來這位老婦人非常的孝順，婦人真心為善的行為，讓狐狸打從心底尊敬她。

　　有些人以為狐狸精非我族類，詐騙偷情就可以假借狐狸的名義，嫁禍到狐狸身上，面對這樣的人，狐狸可是會出聲反擊的。例如〈託狐〉裡的婦人，就假裝自己是狐狸精和少年偷偷往來，少年迷戀她姣好的面貌，不曾懷疑婦人的說辭。但是狐狸精對於名譽受辱這件事非常的耿耿於懷，最後狐狸生氣的丟擲瓦片報復婦人。而在〈女巫郝媼〉中，老婆婆為了斂財，假裝自己是狐仙，最後卻引火自焚，讓真的狐仙現身，叫大家不要上當。

　　由以上例子可見，紀曉嵐筆下的狐狸都不是俗物，他們能明辨事理、具有智慧，雖然有時調皮，但卻不狠毒。最重要的是，對於社會不平的現象，狐狸可是勇於揭發的。

當閱微草堂筆記的朋友

　　這部書怎麼如此神奇？充滿這麼多鬼怪狐仙的故事，還有各式各樣的精采人物？這部書怎麼如此豐富？收錄了一千兩百多則故事，除了鄉野奇談，還有軼聞趣事？更神奇的是，率領三千多人編纂《四庫全書》、大名鼎鼎的清朝學者紀曉嵐，居然蒐集了這麼多稀奇古怪的鬼故事！

　　《閱微草堂筆記》是紀曉嵐耗費十多年才完成的作品，雖然文字簡樸，卻寓意深遠。他描繪的鬼怪故事，有的活潑生動，有的幽默逗趣，有的充滿警世規勸的意涵，有的則是諷刺一些只懂得談論聖賢道理、實際行為卻大相逕庭的讀書人。

　　別以為「寓意深遠」就一定是枯燥無味的說理！紀曉嵐透過聰明敏銳的鬼，看見了不同的讀書人所散發的氣質，有的人「腹有詩書氣自華」，有的人卻因為只想追求功名而籠罩著只有鬼才看得見的混濁黑霧。

　　然而，並非所有的鬼都如此機伶。有個披頭散髮的女鬼，一路追著某個參加科舉考試的書生想要復仇，沒想到卻進錯了考場，還撕碎了另一名無辜考生的考卷。這樣在驚險中還帶著爆笑誇張的尋錯仇人情節，是不是也和人類世界一樣有趣呢？

　　當《閱微草堂筆記》的朋友，你會認識很多的鬼怪狐仙，發現他們原來也像人一樣，有的機智聰明，有的迷糊傻氣。你也會透過這些鬼狐的眼睛，看到性格迥異的人們。然而，不管是遇到鬼還是看見狐、甚至是遇上了陰險狡詐的人類，《閱微草堂筆記》想要告訴你的，還是那句千古不變的道理：平日不做虧心事，夜半不怕鬼敲門！

我是大導演

看完了閱為草堂筆記的故事之後，
現在換你當導演。
請用紅圈裡面的主題（鬼），
參考白圈裡的例子（例如：人），
發揮你的聯想力，
在剩下的三個白圈中填入相關的詞語，
並利用這些詞語畫出一幅圖。

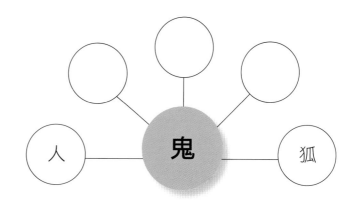

經典
少年遊

youth.classicsnow.net

◎ 少年是人生開始的階段。因此，少年也是人生最適合閱讀經典的時候。這個時候讀經典，可為將
來的人生旅程準備豐厚的資糧。因為，這個時候讀經典，可以用輕鬆的心情探索其中壯麗的天地。

◎ 【經典少年遊】，每一種書，都包括兩個部分：「繪本」和「讀本」。繪本在前，是感性的、圖像的，
透過動人的故事，來描述這本經典最核心的精神。小學低年級的孩子，自己就可以閱讀。讀本在
後，是理性的、文字的，透過對原典的分析與說明，讓讀者掌握這本經典最珍貴的知識。小學生
可以自己閱讀，或者，也適合由家長陪讀，提供輔助說明。

◎ 【經典少年遊】，我們先出版一百種中國經典，共分八個主題系列：詩詞曲、思想與哲學、小說

001 世説新語　魏晉人物畫廊
A New Account of Tales of the World: Anecdotes in the Southern and Northern Dynasties

故事／林羽豔　原典解説／林羽豔　繪圖／吳亦之

東漢滅亡之後，魏晉南北朝便出現了。雖然局勢紛亂，但是卻形成了自由開放的風氣。《世説新語》記錄了那個時代裡，那些人物怎麼説話、如何行事。讓我們看到他們的氣度、膽識與才學，還有日常生活中的風雅與幽默。

002 搜神記　神怪故事集
In Search of the Supernatural: Records of Gods and Spirits

故事／劉美瑤　原典解説／劉美瑤　繪圖／顧珮仙

晉朝的干寶，搜集了許多有關神仙鬼怪與奇思異想的故事，成為流傳至今的《搜神記》。別小看這些篇幅短小的故事，它們有些是自古流傳的神話，有的是民間傳説，統稱為「志怪小説」，成為六朝文學的燦爛花朵。

003 唐人傳奇　浪漫的傳説故事
Tang Tales: Collections of Tang Stories

故事／康逸藍　原典解説／康逸藍　繪圖／林心雁

正直的書生柳毅相助小龍女，體驗海底龍宮的繁華，最後還一同過著逍遙自在的生活。唐人傳奇是唐朝的文言短篇小説，內容充滿奇幻浪漫與俠義豪邁。在這個世界裡，我們不僅經歷了華麗的冒險，還看到了如夢似幻的生活。

004 竇娥冤　感天動地的竇娥
The Injustice to Dou E: Snow in Midsummer

故事／王蕙瑄　原典解説／王蕙瑄　繪圖／榮馬

善良正直的竇娥，為了保護婆婆，招認自己從未犯過的罪。行刑前，她許下三個誓願：血濺白布、六月飛雪、三年大旱，期待上天還她清白。三年後，竇娥的父親回鄉判案，他能發現事情的真相嗎？竇娥的心聲，能不能被聽見？

005 水滸傳　梁山好漢
Water Margin: Men of the Marshes

故事／王宇清　故事／王宇清　繪圖／李遠聰

林沖原本是威風的禁軍教頭，他個性正直、武藝絕倫，還有個幸福美滿的家庭，無奈遇上了欺壓百姓的太尉高俅，不僅遭到陷害，還被流放到偏遠地區當守軍。林沖最後忍無可忍，上了梁山，成為梁山泊英雄的一員大將。

006 三國演義　風起雲湧的英雄年代
Romance of the Three Kingdoms: The Division and Unity of the World

故事／詹雯婷　原典解説／詹雯婷　繪圖／蔣智鋒

曹操要來攻打南方了！劉備與孫權該如何應戰，周瑜想出什麼妙計？大戰在即，還缺十萬support，孔明卻帶著二十艘船出航！羅貫中的《三國演義》，充滿精彩的故事與神機妙算，記錄這個風起雲湧的英雄年代。

007 牡丹亭　杜麗娘還魂記
Peony Pavilion: Romance in the Garden

故事／黃秋芳　原典解説／黃秋芳　繪圖／林虹亨

官家大小姐杜麗娘，遊覽美麗的後花園之後，受寒染病，年紀輕輕就離開人世。沒想到，她居然又活過來！這到底是怎麼一回事？明朝劇作家湯顯祖寫《牡丹亭》，透過杜麗娘死而復生的故事，展現人們追求自由的浪漫與勇氣！

008 封神演義　神仙名人榜
Investiture of the Gods: Defeating the Tyrant

故事／王洛夫　原典解説／王洛夫　繪圖／林家棟

哪吒騎著風火輪、拿著混天綾，一不小心就把蝦兵蟹將打得東倒西歪！個性衝動又血氣方剛的哪吒，要如何讓父親李靖理解他本性善良？又如何跟著輔佐周文王的姜子牙，一起經歷驚險的戰鬥，推翻昏庸的紂王，拯救百姓呢？

009 三言　古今通俗小説
Three Words: The Vernacular Short-stories Collections

故事／王蕙瑄　原典解説／王蕙瑄　繪圖／周庭萱

許宣是個老實的年輕人，在下著傾盆大雨的某一日遇見白娘子，好心借傘給她，兩人因此結為夫妻。然而，白娘子卻讓許宣捲入竊案，害得他不明不白的吃上官司。在美麗華貴的外表下，白娘子藏著什麼秘密？她是人還是妖？

010 聊齋誌異　有情的鬼狐世界
Strange Stories from a Chinese Studio: Tales of Foxes and Ghosts

故事／岑澎維　原典解説／岑澎維　繪圖／鐘昭弋

有個水鬼名叫王六郎，總是讓每天來打漁的漁翁滿載而歸。善良的王六郎不會永遠陪著漁翁捕魚？好心會有好報嗎？蒲松齡的《聊齋誌異》收錄各式各樣的鄉野奇談，讓讀者看見那些鬼狐精怪的喜怒哀樂，原來就像人類一樣。

與故事、人物傳記、歷史、探險與地理、生活與素養、科技。每一個主題系列，都按時間順序來選擇代表性的經典書種。

◎ 每一個主題系列，我們都邀請相關的專家學者擔任編輯顧問，提供從選題到內容的建議與指導。我們希望：孩子讀完一個系列，可以掌握這個主題的完整體系。讀完八個不同主題的系列，可以不但對中國文化有多面向的認識，更可以體會跨界閱讀的樂趣，享受知識跨界激盪的樂趣。

◎ 如果說，歷史累積下來的經典形成了壯麗的山河，【經典少年遊】就是希望我們每個人都趁著年少探索四面八方，拓展眼界，體會山河之美，建構自己的知識體系。少年需要遊經典。經典需要少年遊。

經典 少年遊

youth.classicsnow.net

015
閱微草堂筆記　大家來說鬼故事
Random Notes at the Cottage of Close Scrutiny
Short Stories About Supernatural Beings

編輯顧問（姓名筆劃序）
王安憶　王汎森　江曉原　李歐梵　郝譽翔　陳平原
張隆溪　張臨生　葉嘉瑩　葛兆光　葛劍雄　鄭培凱

故事：邱慧敏
原典解說：邱慧敏
繪圖：楊瀚橋
人時事地：李忠達

編輯：鄧芳喬　張瑜珊　張瓊文
美術設計：張士勇
美術編輯：顏一立
校對：陳佩伶

企畫：網路與書股份有限公司
出版者：大塊文化出版股份有限公司
台北市10550南京東路四段25號11樓
www.locuspublishing.com
讀者服務專線：0800-006689
TEL：+886-2-87123898
FAX：+886-2-87123897
郵撥帳號：18955675
戶名：大塊文化出版股份有限公司
法律顧問：全理法律事務所董安丹律師

總經銷：大和書報圖書股份有限公司
地址：新北市新莊區五工五路2號
TEL：+886-2-8990-2588
FAX：+886-2-2290-1658
製版：沈氏藝術印刷股份有限公司

初版一刷：2014年5月
定價：新台幣299元